www.ingramcontent.com/pod-product-compliance
Lightning Source LLC
LaVergne TN
LVHW010421070526
838199LV00064B/5377

ہندوستانی فلموں کے سو سال

(مضامین)

وشوناتھ طاؤس

© Vishwanath Taus

Hindustani FilmoN ke sau Saal (Essays)
by: Vishwanath Taus
Edition: February '2024
Publisher :
Taemeer Publications LLC (Michigan, USA / Hyderabad, India)

ISBN 978-93-5872-341-0

مصنف یا ناشر کی پیشگی اجازت کے بغیر اس کتاب کا کوئی بھی حصہ کسی بھی شکل میں بشمول ویب سائٹ پر
اَپ لوڈنگ کے لیے استعمال نہ کیا جائے۔ نیز اس کتاب پر کسی بھی قسم کے تنازع کو نمٹانے کا اختیار
صرف حیدرآباد (تلنگانہ) کی عدلیہ کو ہو گا۔

© وشوناتھ طاؤس

کتاب	:	**ہندوستانی فلموں کے سو سال** (مضامین)
مصنف	:	**وشوناتھ طاؤس**
تدوین / پروف ریڈنگ	:	اعجاز عبید
صنف	:	فلمی صحافت
ناشر	:	تعمیر پبلی کیشنز (حیدرآباد، انڈیا)
سالِ اشاعت	:	۲۰۲۴ء
صفحات	:	۳۴
سرورق ڈیزائن	:	تعمیر ویب ڈیزائن

بن کانٹوں کا گلاب

(بچوں کی کہانیاں)

بانو سرتاج

© Bano Sartaj

Bin KaantoN ka Gulaab *(Kids Stories)*
by: Bano Sartaj
Edition: May '2024
Publisher :
Taemeer Publications LLC (Michigan, USA / Hyderabad, India)

ISBN 978-93-5872-970-2

مصنف یا ناشر کی پیشگی اجازت کے بغیر اس کتاب کا کوئی بھی حصہ کسی بھی شکل میں بشمول ویب سائٹ پر اَپ لوڈنگ کے لیے استعمال نہ کیا جائے۔ نیز اس کتاب پر کسی بھی قسم کے تنازع کو نمٹانے کا اختیار صرف حیدرآباد (تلنگانہ) کی عدلیہ کو ہوگا۔

© بانو سرتاج

کتاب	:	**بن کانٹوں کا گلاب** (بچوں کی کہانیاں)
مصنف	:	**بانو سرتاج**
ترتیب و تدوین	:	سید حیدرآبادی
صنف	:	ادب اطفال
ناشر	:	تعمیر پبلی کیشنز (حیدرآباد، انڈیا)
سالِ اشاعت	:	۲۰۲۴ء
صفحات	:	۳۴
سرورق ڈیزائن	:	تعمیر ویب ڈیزائن

فہرست

(۱)	بن کانٹوں کا گلاب	6
(۲)	سڑک اور پگڈنڈی	9
(۳)	تالاب اور کنواں	12
(۴)	بلیک بورڈ کی کہانی	15
(۵)	لوٹ کے بدھو گھر کو آئے!	17
(۶)	دو باپ دو بیٹے	19
(۷)	اوپر یا نیچے	23
(۸)	لو میں آیا	27
(۹)	بڑا کون	32

بن کانٹوں کا گلاب

وہ ایک چھوٹا سا، پیارا سا بچہ تھا۔ ایک دن وہ اسکول جانے کے لئے نکلا۔ ہوا دھیرے دھیرے بہہ رہی تھی۔ جب وہ اس جگہ سے گزرا جہاں کیاریوں میں بیسیوں قسم کے گلاب کھلے ہوئے تھے تو گلاب کی خوشبو نے اس کے قدم روک لئے۔ اس کے دل میں گلابوں کے قریب جانے کی زبردست خواہش پیدا ہوئی۔ آہستہ آہستہ پودوں کی طرف ہاتھ بڑھا کر اس نے ایک پھول توڑ لینا چاہا۔

اچانک فضا میں بچے کی چیخ بلند ہوئی۔ اس کے ہاتھ گلاب کے کانٹے چبھ گئے تھے۔ جگہ جگہ خون ننھی ننھی بوندوں کی شکل میں ابھر آیا تھا۔ وہ رو رہا تھا اور اس کے آس پاس جمع ہو جانے والے بچے اور دوسرے لوگ اس سے رونے کی وجہ پوچھ رہے تھے۔ اسی وقت ایک ایک شخص نے آگے بڑھ کر بچے کو گود میں اٹھا لیا اور پیار سے پوچھا "کیا ہوا بیٹے؟ مجھے بتاؤ۔"

"بابا، ہاتھ میں کچھ چبھ گیا ہے۔ دیکھئے۔" بچے نے اپنا ہاتھ دکھایا۔

بچے کے ہاتھ کو سہلاتے ہوئے بابا نے کہا "مگر بیٹے، تم گلاب کے پودے کے پاس کیوں گئے؟ گلاب کے پودے میں کانٹے ہوتے ہیں۔ یہ کانٹے ہی تمہارے ہاتھ میں چبھے ہیں۔"

بچے نے روتے ہوئے کہا "بابا، میں دیکھنا چاہتا تھا کہ اتنی اچھی خوشبو دینے والا گلاب کیسا ہوتا ہے۔"

بابا کی آنکھ میں آنسو آ گئے۔ انہوں نے بے کی بے نور آنکھوں سے آنسو پونچھ کر اسے گود سے نیچے اتار دیا۔ پھر بڑھ کر گلاب کا ایک پھول توڑ کر اس کے ہاتھوں میں تھماتے ہوئے کہا "لو دیکھو، بیٹے، یہ ہے گلاب کا پھول۔"

بابا اس دن بار بار یہی سوچتے رہے کہ گلاب کے پھول اتنے خوبصورت ہیں، مگر ان معصوم اندھے بچوں کی پہنچ سے دور ہیں۔ وہ ان پھولوں کی خوبصورتی تو دیکھ ہی نہیں سکتے، مگر ان کے لمس کا لطف بھی نہیں اٹھا سکتے کیوں کہ گلاب کے ساتھ کانٹے ہوتے ہیں۔۔۔

بابا کے ایک دوست بابا سے ملنے آئے تو بابا نے ان کی اداسی کا سبب دریافت کیا۔ بابا نے اس واقعہ کا ذکر کرتے ہوئے کہا "دوست، تمہارے علم میں گلاب کی ایسی کوئی قسم ہے جس میں کانٹے نہ ہوں، جس سے میرے اندھے بچے بے خوف و خطر پھولوں سے کھیل سکیں؟"

بابا کے دوست نے کئی دنوں کی کھوج کے بعد ایسے گلاب کا پتہ لگا لیا۔ دوسری بار جب وہ بابا کے پاس پہنچے تو ایک ایسا قیمتی گلاب کا پودا انہیں تحفتہً پیش کیا جس میں کانٹے نہیں ہوتے۔ بابا بہت خوش ہوئے اور بڑے پیار سے اس پودے کو باغیچے کے ایک کونے میں لگا یا۔ اب وہ پودا پھول دینے لگا ہے اور اندھے بچے بلا خوف پھولوں کو دیکھ پرکھ سکتے ہیں۔

جانتے ہو بچو، یہ کہاں کا واقعہ ہے؟ یہ واقعہ ہے ورورہ شہر کے پاس آنندون کا۔

بابا کو پودا لا کر دینے والے بابا کے دوست ہیں مراٹھی کے مشہور ادیب پرشوتم لکشمن دیش پانڈے اور باباوہ عظیم شخصیت ہیں جنہیں بابا آمٹے کے نام سے جانا جاتا ہے۔

بابا آمٹے نے آنندون میں جس آشرم کی بنیاد ڈالی ہے وہاں سماج کے ٹھکرائے ہوئے کوڑھی لوگوں کو عزت سے جینے کا سبق پڑھایا جاتا ہے، اندھے، اپاہج، بچوں کو آزادی کے ساتھ جینے کے مواقع فراہم کئے جاتے ہیں۔۔۔ اس آشرم کو کوڑھیوں کا یا اندھوں، اپاہجوں کا آشرم نہیں کہا جاتا ہے اسے آنندون کا نام دیا گیا ہے، کیوں کہ یہاں ہر طرف آنند (خوشی) ہی آنند ہے۔

✻ ✻ ✻

سڑک اور پگڈنڈی

ایک گاؤں تھا۔ گاؤں کے قریب سے ایک سڑک گزرتی تھی جو گاؤں کو شہر سے جوڑتی تھی۔ سڑک پکی، ڈامر کی تھی۔ باقاعدہ پلان کر کے ماہر انجینئروں نے بنائی تھی۔ چھوٹی موٹریں، بیل گاڑیاں، تانگے، سائیکلیں سب اس پر سے گزرتی تھیں۔ سڑک کو اپنے کارآمد ہونے پر بہت غرور تھا۔

سڑک کے پاس سے ایک پگڈنڈی بھی گزرتی تھی۔ پگڈنڈی سڑک کی طرح شاندار نہیں تھی۔ بس ایک اوبڑ کھابڑ راستہ تھا جس پر اسے گزر کر گاؤں والے اپنے اپنے گھروں یا کھیتوں میں جاتے، جنگل میں لکڑیاں توڑنے، مہوا چننے جاتے، اسے کسی نے باقاعدہ بنایا نہیں تھا۔ بس لوگ چلنے لگے، پگڈنڈی بنتی گئی۔ کافی آگے جا کر یہ پگڈنڈی چھوٹی چھوٹی اور کئی پگڈنڈیوں میں منقسم ہو جاتی تھی۔

پگڈنڈی کہیں سڑک کے متوازی چلتی، کہیں اس سے دور چلی جاتی اور پھر گھوم گھام کر سڑک کے بازو سے چلنے لگتی۔ ایک روز مغرور سڑک نے اس سے کہا: "تم میرے ساتھ چلتی ہوئی بالکل اچھی نہیں لگتی، میں چوڑی کشادہ، کولتار سے چمکتی ہوئی، تم پتلی، اوبڑ کھابڑ، بے رنگ، بے چمک"

پگڈنڈی کیا کہتی، بات تو صحیح تھی۔

سڑک نے پھر کہا، "نہ جانے لوگ تمہیں کیوں پسند کرتے ہیں؟ منزل تک جانے کے لئے تمہارا سہارا لیتے ہیں۔"

پگڈنڈی نے خاموشی ہی مناسب سمجھی، کہتی بھی تو آخر کیا کہتی؟ اس کی خاموشی، سڑک کو اکھر گئی، تیز ہو کر بولی۔

"میری بات کیا تمہاری سمجھ میں نہیں آ رہی ہے؟ آخر میرے آزو بازو تم جیسی مریل اوبڑ کھابڑ پگڈنڈیوں کے جال کی کیا ضرورت ہے؟"

پگڈنڈی کو اپنی خاموشی توڑنی پڑی، بولی،

"میری بھی سمجھ میں نہیں آتا کہ گاؤں والے مجھے اتنی اہمیت کیوں دیتے ہیں؟ پہلے ایک دو لوگ گزرتے تھے۔ اب تو میں دن رات مصروف رہتی ہوں۔ بغیر کسی منصوبہ کے میں وجود میں آگئی۔"

"اور کیا؟ بغیر کسی منصوبے کے بنی ہو اسی لئے نہ خوبصورت ہو نہ چست درست۔ مجھے دیکھو سرکار نے باقاعدہ منصوبہ بنا کر بڑی رقم خرچ کر کے مجھے بنایا ہے۔ پھر کیڑے مکوڑوں اور تمہاری طرح میں اپنے آپ نہیں بن گئی۔ اعلیٰ تعلیم یافتہ انجینئروں کے ہنر کی مثال ہوں میں۔ سیکڑوں کاریگروں کی محنت کا ثمر ہوں میں، ضرورت کے تحت بنی ہوں، سرکار کے خوابوں کی تعبیر ہوں میں۔"

"ضرورت کے تحت تو میں بھی بنی ہوں سڑک بہن۔" پگڈنڈی نے پہلی مرتبہ سڑک کی مخالفت کی۔ اب تک وہ اس کی لن ترانیاں خاموشی سے سنتی آئی تھی۔

"جہاں تم کام نہ آؤ وہاں میں کام آتی ہوں، اور مجھ سے کام لیا بھی جاتا ہے۔ جہاں تلوار کام نہ دے وہاں سوئی کام آتی ہے۔ میری ضرورت تھی اور رہے گی۔"

"کیا کہا تم نے؟" سڑک چراغ پا ہو کر بولی، "جہاں میں کام نہ آؤں وہاں تم کام آتی ہو؟ میری برابری کرنے چلی ہو؟ اپنی شکل تو دیکھو۔"

اسی وقت ایک بڑی لاری سڑک پر آکر رک گئی۔ دراصل سامنے سڑک پر ایک پل تھا جس کی مرمت کا کام چل رہا تھا اور وزنی ٹرکوں اور بسوں کی اس پل پر سے گزرنے کی ممانعت کا بورڈ لگا ہوا تھا۔ ڈرائیور اور کنڈکٹر لاری سے نیچے اترے، ان کے پیچھے تمام مسافر۔ دیکھتے دیکھتے تمام مسافروں نے پگڈنڈی کا رخ کیا۔ پگڈنڈی پل کے نیچے سے گزر کر پکی سڑک سے مل جاتی تھی۔ مسافروں کے نیچے اترتے ہی ڈرائیور لاری کو سنبھال کر پل کے پار لے گیا، مسافر پگڈنڈی سے ہو کر لاری تک پہنچے اور لاری آگے روانہ ہو گئی۔

سڑک جو کچھ دیر پہلے بڑھ چڑھ کر باتیں کر رہی تھی، ندامت سے بولی "بہن پگڈنڈی! مجھے معاف کر دو۔"

"سڑک بہن!" پگڈنڈی نے خوش دلی سے کہا۔

"اس میں معافی کی کیا بات ہے؟ کبھی کبھی معمولی سی بات سمجھ میں دیر سے آتی ہے۔ اس واقعہ نے یہ تو سمجھا دیا کہ پکی سڑک جہاں کام نہ آئے وہاں کچی اوبڑ کھابڑ پگڈنڈی کیسے کام آتی ہے۔ اور وہاں میں اتنا ضرور کہوں گی کہ ہر جگہ ہر وقت بڑی بڑی ہی چیزیں کارآمد ثابت ہوں، یہ ضروری نہیں ہے۔ اپنی بساط بھر ہر کوئی دوسروں کے کام آنا چاہتا ہے۔ یہی زندگی ہے۔"

***

تالاب اور کنواں

ایک تھا تالاب، ایک تھا کنواں۔ دونوں ایک دوسرے کے پڑوسی تھے، اچھے دوست تھے۔ گھنٹوں باتیں کرتے، ساتھ وقت گزارتے۔ دنیا بھر کے کنوؤں اور تالابوں کی باتیں، ان کے نزدیک سے گزرنے والے مسافروں کی باتیں، بارش، سردی، گرمی موسموں کی باتیں، پانی کے میٹھے۔ کھارے ہونے کی باتیں خاص موضوع ہوتیں۔

وہ اکثر ہی اپنے اپنے پانی کے میٹھے ہونے پر خوشی ظاہر کرتے، اس بات پر فخر کرتے کہ ان کا پانی لوگوں کو فائدہ پہنچاتا ہے۔ تھکے ہارے مسافروں کی پیاس بجھاتا ہے۔

ایک سال خوب بارش ہوئی۔ اتنی زیادہ اتنی زیادہ کہ سوکھے ندی نالے سب بھر گئے۔ جو ندی تالاب کنویں بھر گئے تھے وہ اپنی اپنی حد سے باہر ہونے لگے۔ چاروں طرف پانی نظر آنے لگا۔

ایک دن تالاب بلوریں لیتے ہوئے اپنے پانی کو بغور دیکھ رہا تھا۔ نہ جانے اس کے دماغ میں کون سا کیڑا اکلبلایا بول پڑا۔

"کنوئیں بھائی! ذرا دیکھو تو میری شان! میری چوڑائی، میری وسعت! جہاں تک

نظر جاتی ہے میں ہی میں نظر آتا ہوں۔"

"بارش اچھی ہوئی ہے نا! میں بھی تو اوپر تک بھر گیا ہوں۔" کنوئیں نے کہا۔

تالاب کو کنوئیں کا خود کے برابر ٹھہرایا جانا ناگوار گزرا، فوراً بول پڑا، "بھر تو گئے ہو مگر ہو وہیں کے وہیں، منڈیر میں قید"

کنواں سٹ پٹا گیا۔۔۔ گھبرا کر بولا۔ "تالاب بھائی! تمہارا لہجہ بدل کیوں گیا ہے؟ کیا کہا تم نے ابھی؟ ارے ہم دوست ہیں دوست! کوئی اس طرح بات کرتا ہے دوست سے؟"

" صحیح کہا، دوست ہیں ہم۔ مگر دوستی اپنی جگہ، اوقات اپنی جگہ۔" تالاب نے سنگ دلی سے کہا۔ "مجھ سے بحث کروگے؟ میری برابری کروگے؟ ذرا میری طرف دیکھو۔ میرا کنارہ نظر نہ آئے گا، دس گنا تم سے بڑا ہوں۔ میں نے اپنی وسعت کا ذکر کیا تو تم خود کو عظیم ٹھہرانے لگے۔"

کنواں کچھ نہ بول سکا۔ اسے ذلت کا بے انتہا احساس ہو رہا تھا۔ یہ بھی کوئی بات ہوئی۔ بچپن سے جسے ساتھ دیکھا وہ تالاب یکسر کیسے بدل گیا؟ بدلا بھی تو ایسے بدلا کہ دوستی کا لحاظ سب طاق پر رکھ دیا۔

تالاب نے کنوئیں سے بات کرنا بند کر دیا۔ دن گذرے تالاب کا پانی آہستہ آہستہ کم ہونے لگا تو تالاب کو اپنی غلطی کا احساس ہونے لگا۔ اسے اپنے سلوک پر پشیمانی ہونے لگی۔ وہ کنواں کہیں اسے دھتکار نہ دے۔ وہ یہ بھول گیا تھا کہ سب تو اس جیسے نہیں ہیں۔ دنیا میں اچھے لوگ بھی ہیں جن میں کنوئیں کا بھی شمار ہوتا ہے۔

آخر ہمت کر کے تالاب ہی نے بات نکالی۔ بولا، "کنوئیں بھائی! دیکھ رہے ہو؟ میرا پانی کتنا کم ہو گیا ہے۔"

"پانی کم یا زیادہ ہوتا ہی رہتا ہے۔ قدرت کا نظام ہے یہ۔" "تمہارے پانی کا کیا حال ہے؟"

"کافی ہے بلکہ کافی سے زیادہ ہے۔" کنوئیں نے سادگی سے کہا۔

"اچھا! بڑی اچھی بات ہے!!" تالاب مسکرا کر بولا۔ اس کا خوف رفع ہو گیا تھا۔ ہاں! اچھی بات ہی ہے۔ وجہ یہ ہے کہ میں بارش پر منحصر نہیں رہتا۔ محنت کر کے اندر ہی اندر پانی جمع کرتا رہتا ہوں۔ یہ نہ کروں تو سوکھ جاؤں گا پھر مسافروں کی پیاس کیسے بجھے گی؟"

تالاب سوچنے لگا۔ "کنوئیں نے پرانی بات نہیں نکالی، طعنہ نہیں دیا۔ خود میں پانی بھرا ہونے کی ڈینگ نہیں ماری۔ کتنا اچھا ہے وہ! مجھے اس سے سبق سیکھنا چاہئے۔"

کنواں کہہ رہا تھا، "بھائی تالاب!، خوشی مانگنے سے نہیں ملتی، نہ کسی کا دل دکھا کر ملتی ہے۔ خوشی اپنے اندر پیدا کرنی پڑتی ہے، چھوٹی چھوٹی باتوں سے حاصل ہوتی ہے۔"

تالاب نے سر جھکا کر تسلیم کیا۔

٭ ٭ ٭

بلیک بورڈ کی کہانی

اسکاٹ لینڈ میں ایک استاد تھے۔ ان کا نام جیمس ولین (James Vilen) تھا۔ وہ جغرافیہ پڑھاتے تھے۔ انہیں جغرافیہ پڑھانے یعنی بچوں کو سمجھانے میں اکثر مشکل پیش آتی۔ بچے اس موضوع میں دلچسپی نہیں لیتے تھے۔ وہ کسی ایسے ذریعہ کی تلاش میں تھے جس سے پہاڑ، ندیاں، وادیاں، میدان کے بارے میں آسانی سے سمجھا سکیں اور بچے آسانی اور دلچسپی سے سمجھ سکیں۔

1814 کی بات ہے وہ اپنے مکان کے باغیچے میں بیٹھے تھے۔ برسات کا موسم تھا۔ آسمان پر بادل سورج کے ساتھ آنکھ مچولی کھیل رہے تھے۔ وہ غور سے اس کھیل کا مشاہدہ کر رہے تھے۔ سورج کے چمکنے کے ساتھ بادل آسمان پر مختلف اشکال اختیار کر لیتے۔ سورج کبھی بادلوں کا ڈھانک لیتا تو کبھی بادل سورج کو۔ ان کا دماغ تیزی سے کام کرنے لگا۔ انہوں نے طے کر لیا کہ وہ بھی بڑے تختہ پر پہاڑ، ندیاں، بنا کر بچوں کو مضمون سمجھائیں گے۔

جیمس نے آم کے درختوں کے تنوں پر لکھے ہوئے نام دیکھے تھے ان کے خیال کو اور تقویت ملی۔ انہوں نے آم کی لکڑی کے چھوٹے تختے جوڑ کر ایک بڑا تختہ بنایا اور کالا پینٹ کر لیا۔

جیمس نے کلاس میں تختہ کھڑا کرکے اس پر پہاڑ اور ندیاں بنا کر بچوں کو پڑھایا تو بچوں کو تو بہت لطف آیا مگر دوسرے اساتذہ ان کا مذاق اڑانے لگے۔ آہستہ آہستہ دوسرے اساتذہ کو بورڈ کی اہمیت اور افادیت کو قبول کرنا پڑا۔ بورڈ کو بلیک بورڈ نام دے کر اسکولی تعلیم کا اہم حصہ بنا لیا گیا۔

٭٭٭

لوٹ کے بدھو گھر کو آئے!

راجستھان کے مہاراج پور میں ایک تاجر تھا رامنا وہ اونٹوں پر سامان لاد کر دوسرے شہروں میں لے جاتا، وہاں فروخت کرتا۔ اچھا خاصا منافع حاصل ہوتا۔ رامنا کئی برسوں سے تجارت کر رہا تھا۔

سفر اکثر ہی رات کو کیا جاتا۔ اونٹ سدھے ہوئے تھے۔ تمام رات چل کر وہ دوسرے شہر پہنچ جاتا۔ رامنا شہر کے باہر کھلے میدان میں ڈیرا ڈالتا۔ سویرے کی ضروریات سے فارغ ہو کر نہا دھو کر وہ ناشتہ کرتے اور پھر سامان تجارت لے کر ہاٹ پہنچ جاتا۔ اونٹ آرام کرتا۔

تمام دن ہاٹ میں مصروف رہ کر وہ ڈیرے لوٹتے۔ کھانا پکاتے کھاتے اور واپسی کے سفر کے لئے تیار ہو جاتے۔

ایک مرتبہ رامنا متھرا جانے کے لئے نکلا۔ قافلہ میں دس اونٹ تھے۔ اونٹ ادھر ادھر نہ نکل جائیں اس لئے انہیں ایک دوسرے سے اس طرح باندھا گیا کہ قطار کے پہلے اونٹ کی دم سے دوسرے اونٹ کی دم میں رسی، دوسرے کی دم سے تیسرے اونٹ کی دم میں رسی۔ اس طرح پہلے اونٹ سے آخری اونٹ تک اونٹ ایک دوسرے سے بندھے ہوئے تھے۔ سب اونٹوں کے ساتھ ان کے ساربان

تھے۔ قافلہ چل پڑا۔ اونٹوں پر ساربان بیٹھ گئے۔ اونگھنے لگے۔ رامنا بھی اونگھنے لگا۔ آہستہ آہستہ سب سو گئے۔ اونٹ چلتے رہے۔

مہاراج پور سے 02 میل آگے جانے کے بعد پہلے اونٹ کو سڑک کی دونوں طرف بیر سے لدے پیڑ نظر آئے۔ بیر کی خوشبو نے اسے بیتاب کر دیا۔ وہ بیر اور پتیاں کھانے لگا۔ پیڑوں کے تنے گول تھے۔ پہلا اونٹ بیر کھاتے کھاتے گھومتا گیا۔ دوسرے اونٹ اس کے پیچھے تھے۔ پیڑ کی گولائی میں بیر کھاتے کھاتے پہلے اونٹ کا رخ مہاراج پور کی طرف ہو گیا۔ دوسرے اونٹ چونکے بندھے ہوئے تھے اس لئے بیر کھاتے کھاتے وہ بھی گولائی میں گھومے اور مہاراج پور کی طرف چلنے لگے۔ سواروں کو پتہ ہی نہیں چلا کسی کی آنکھ کھلی بھی تو اونٹوں کو چلتے دیکھ وہ پھر آرام سے سو گیا۔

سویرا ہوا۔ رامنا کی آنکھ کھلی تو اونٹ مہاراج پور میں داخل ہو رہے تھے۔ وہ ہکا بکا رہ گیا۔ اس کو سمجھ میں نہیں آ رہا تھا کہ غلطی کس کی ہے! اس نے اونٹوں کو ایک دوسرے سے باندھ کر غلطی کی یا اونٹوں نے بیر کھانے میں راستے کا دھیان نہ رکھ کر غلطی کی! آپ بتائیں غلطی کس کی تھی؟

٭٭٭

دو باپ دو بیٹے

حسن اور روہن کی دوستی گاؤں بھر میں مشہور تھی۔ بچپن کے دوست تھے، جوانی میں بھی دوستی قائم تھی۔ دونوں کے مزاج میں اتنی ہم آہنگی تھی کہ ایک چیز ایک کو پسند آتی تو دوسرا بھی اسے پسند کرنے لگتا۔ کسی بات سے ایک ناراض ہوتا تو دوسرا بھی اس طرف سے رخ پھیر لیتا۔ دونوں کے خاندان والے بھی ان کی دوستی پر ناز کرتے۔

روہن بچپن سے بیمار رہتا تھا۔ بارش میں بھیگا کہ بخار جکڑ لیتا، لو لگتی تو بستر پر پڑ جاتا، سردی میں نزلہ، کھانسی اسے گھیرے رہتے۔ اس وجہ سے دماغی طور پر کمزور ہو گیا تھا۔ ساتویں کلاس کے بعد اس نے پڑھائی چھوڑ دی۔

حسن کو بھی پڑھائی لکھائی سے کوئی خاص دلچسپی نہ تھی مگر اس کے والد کی بڑی خواہش تھی کہ وہ تعلیم حاصل کرے۔ دسویں جماعت کے بعد اس نے بھی اسکول جانا چھوڑ دیا اور اپنے والد کے ساتھ پرچون کی دکان پر بیٹھنے لگا۔ اس کی شادی بھی جلدی ہو گئی۔ دس سال کا ایک بیٹا محسن تھا اس کا۔

روہن اپنے پتا کے ساتھ کھیتوں میں کام کرتا تھا۔ ایک روز وہ حسن کے پاس پہنچا تو کچھ غمگین تھا۔ حسن سے بولا، چلو کہیں باہر چل کر باتیں کرتے ہیں۔

تنہائی ملتے ہی بولا "حسن، میری شادی طے ہو گئی ہے۔"

"یہ تو خوشی کی بات۔" حسن نے اسے مبارکباد دی، "کب ہے شادی؟"

"تاریخ طے کرنے پرسوں جانا ہے۔ تجھے بھی ساتھ چلنا ہے۔ مگر ایک مسئلہ سامنے آگیا ہے۔"

"تم لوگوں کی طرف سے یا لڑکی والوں کی طرف سے؟ حسن نے پوچھا۔ "نہ ہماری نہ ان کی طرف سے بلکہ لڑکی نے مجھ سے ایک پہیلی بوجھنے کو کہا ہے۔"

حسن کو ہنسی آگئی۔ روہن روتی صورت بنا کر بولا "تمہیں ہنسی آرہی ہے۔"

"توبہ توبہ! اب نہیں ہنسوں گا۔ پوری بات بتا۔" حسن نے معافی مانگ لی۔ سب کچھ طے ہو گیا، ہم لوگ واپس لوٹنے لگے تو ایک چھوٹی لڑکی مجھے اشارہ سے ایک طرف بلا لے گئی۔ وہاں میری ہونے والی پتنی کھڑی تھی۔ اس نے کہا "میں نے سنا ہے تم کم پڑھے لکھے ہو میری ایک پہیلی کا جواب دو۔ جواب نہ دے سکے تو میں شادی سے انکار کر دوں گی۔"

"کیا ہے وہ پہیلی؟"

"دو باپ، دو بیٹے، ایک ساتھ مچلی پکڑنے گئے، ہر ایک نے ایک ایک مچھلی پکڑی، آپس میں تقسیم کر لی۔ خوشی خوشی تین مچھلیاں لے کر گھر لوٹے۔ کیسے؟ لوگ تو چار تھے۔ مجھے جواب نہیں دیتے بنا۔ مجھے جواب نہیں معلوم تھا۔"

"پھر کیا ہوا؟" حسن نے پوچھا۔

"میرا اترا ہوا منہ دیکھ کر بولی، کل تک جواب لے کر آؤ، حسن، تجھے پہیلی کا جواب معلوم ہے؟ میں کسی اور سے نہیں پوچھ سکتا۔ پورے گائوں میں بات پھیل

جائے گی۔ پھر کوئی لڑکی مجھ سے شادی نہیں کرے گی۔

حسن نے سوچتے ہوئے کہا" نہیں، جواب مجھے بھی نہیں معلوم مگر میں سوچتا ہوں کہ تم بھی سوچو یقیناً جواب مل جائے گا۔"

حسن کی بیوی نعیمہ بڑی عقلمند تھی۔ حسن نے اسے ساری بات بتائی۔ کسی سے نہ بتانے کا وعدہ لیا۔ نعیمہ کو بھی جواب نہیں معلوم تھا۔

نعیمہ نے رات کا کھانا بنایا۔ وہ مسلسل پہیلی کے بارے میں سوچ رہی تھی۔ اس نے دسترخوان بچھایا۔ کھانا لگایا۔ سسر صاحب کو بلایا، حسن کو بلایا اور محسن کو بھی آواز دی۔ تینوں بیٹھ گئے تو نعیمہ نے جوار کی تین موٹی موٹی روٹیاں ایک پلیٹ میں لاکھ رکھ دیں۔ بولی۔

دو باپ، دو بیٹے، روٹیاں پکائیں تین۔ ہر ایک کے حصہ کی ایک ایک روٹی چلو بسم اللہ کرو۔"

"واہ امی" محسن کھل کر ہنس پڑا" آپ کا حساب غلط ہو گیا۔ دو باپ دو بیٹے مل کر تو چار ہوتے ہیں۔"

"بالکل غلط نہیں ہوا بیٹے" نعیمہ نے ہنس کر کہا" دادا باپ اور بیٹا، کہنے کو تو تین ہیں مگر دو باپ یعنی ایک تمہارے ابو اور ایک تمہارے ابو کے ابو اور دو بیٹے یعنی دادا جان کے بیٹے تمہارے ابو اور تمہارے ابو کے بیٹے تم گنتی میں چار ہیں"

حسن کے دماغ کی کھڑکی کھل گئی۔ فوراً اٹھ کھڑا ہوا۔ بولا،

"ابو جان، بسم اللہ کیجئے، میں ابھی آیا۔"

حسن تقریباً دوڑتا ہوا روہن کے گھر پہنچا۔ اسے باہر بلایا۔ اس کے کان میں

بولا، دو باپ۔ دو بیٹے یعنی دادا، باپ اور پوتا۔ تین مچھلیاں، ان تینوں میں تقسیم ہوئیں۔ اب کل صبح ہی سسرال پہنچ جا۔ ہونے والی دلہن کو پہیلی کا جواب دے دے۔ میں جا رہا ہوں ابو جان کھانے پر میرا انتظار کر رہے ہیں۔"

روہن نے خوش ہو کر حسن کو گلے لگا لیا۔ حسن گھر لوٹ گیا۔

٭٭٭

اوپر یا نیچے

ایک شخص کہیں جا رہا تھا۔ راستے کی دونوں طرف اونچے گھنے پیڑ کھڑے تھے۔ انہیں دیکھتے دیکھتے اسے اپنے بچپن کی یاد آ گئی۔ ترنگ میں آ کر وہ ایک اونچے پیڑ پر چڑھ کر بیٹھ گیا۔

بچپن کی یادیں تازہ ہو گئیں، کس طرح وہ اپنے دوستوں کے ساتھ پیڑوں پر چڑھتا، کچے پکے پھل توڑتا، سب مل کر پھل کھاتے، ہنسی مذاق کرتے۔

کافی وقت گزر گیا۔ اب جو اس نے نیچے اترنے کا قصد کیا تو یہ تلخ حقیقت اس پر آشکار ہوئی کہ پیڑ پر چڑھنا آسان ہے، نیچے اترنا بہت مشکل ہے۔

وہ گھبرا گیا۔ ہر طرح کوشش کر لی مگر کامیاب نہ ہوا۔ چھلانگ لگانے کی سوچی۔ نیچے دیکھا تو اوسان خطا ہو گئے۔ وہ کافی اونچائی پر تھا اور نیچے پکی سڑک تھی۔ ہراساں ہو کر اس نے مدد کے لئے چیخ و پکار شروع کر دی۔ کئی لوگ پیڑ کے نیچے جمع ہو گئے۔ مشورہ دینے لگے۔

"اپنے سیدھے ہاتھ کی طرف کی شاخ پکڑ کر بدن کا وزن سنبھالو۔۔۔"

"دوسری ٹانگ کو مضبوطی سے نیچے والی ٹہنی پر جماؤ۔"

"دونوں پاؤں لٹکا کر بیٹھو۔۔۔ اور نیچے اترنے کی کوشش کرو۔۔۔"

"ہمت نہ ہارو۔۔۔ حوصلہ رکھو۔۔۔"

"زمین کی طرف نہ دیکھو۔۔۔ نیچے اترنے کا ارادہ کرو اور۔۔۔"

ہر مشورہ ناکام ہو رہا تھا۔۔۔ درخت پر پھنسا شخص ہمت ہار رہا تھا کہ اچانک بھیڑ میں سے ملا نصر الدین باہر آئے۔ منہ پر دونوں ہاتھوں کا بھونپو بنا کر چلائے: "حوصلہ کرو بھائی! تمہیں نیچے اتارنے کی ایک ترکیب میرے پاس ہے۔۔۔"

"ارے تو جلدی اتاریے نا۔۔۔" وہ اوپر سے چیخ کر بولا: "دیر کیوں کر رہے ہیں؟"

ملا نصر الدین بولے: "رسی، ایک مضبوط رسی ملے گی؟"

"وہ ادھر میرا مکان ہے۔" ایک آدمی بولا: "میں ابھی رسی لاتا ہوں" وہ دوڑ کر گیا۔ رسی لے کر آیا۔ ملا نصر الدین نے رسی کے ایک سرے کو گول کر کے اوپر پھینکا اور زور سے بولے: "رسی پکڑو۔"

اوپر بیٹھے شخص نے رسی پکڑ لی۔ توازن بگڑنے کا خدشہ تھا مگر جان کے خوف نے یہ کام اس سے کروا ہی لیا۔

"اب رسی کو اپنی کمر سے باندھ لو۔" ملا نصر الدین نے ہدایت دی۔ رسی کمر کے گرد باندھ لی گئی۔ ملا نے رسی کا دوسرا سرا پکڑ کر دوسری ہدایت دی۔ "بدن ڈھیلا چھوڑ دو۔"

کئی لوگ آگے آئے، بولے: "کیا کرنا ہے ہمیں بتاؤ مدد کریں گے ہم۔"

"میں تنہا کافی ہوں، آپ بس دیکھتے رہیں۔ یہ دیکھیے میں نے رسی کو جھٹکا دیا۔ رسی کھینچی، زور سے کھینچی اور بھائی آ گئے نیچے۔"

درخت پر لٹکا شخص دھڑام سے نیچے آگرا۔ گرتے ہی بے ہوش ہو گیا۔ لوگ دوڑے، اسے سنبھالا، چہرے پر ہوا کرنے لگے۔ جس کا گھر نزدیک تھا وہ پانی لے آیا۔ منہ پر چھینٹے دیے گئے۔ اس نے آنکھیں کھولیں۔

دوسری طرف چار پانچ لوگوں نے ملا کو پکڑا۔ ان کا گریبان کھینچ کر انہیں بے بھاؤ کی سنانے لگے:

"یہ کوئی طریقہ ہے مدد کرنے کا" ایک نے غصہ سے کہا۔

"آپ احمق ہیں۔۔۔ انسان کو نیچے اتارنا تھا، آپ نے بوری کی طرح کھینچ لیا۔"

"جس طرح آپ اپنے گدھے کو کھینچتے ہیں اس طرح اس بے چارے کو کھینچا، مر جاتا تو؟" تیسرے نے کہا۔

"مرا تو نہیں نا، آپ لوگ کیوں میرے پیچھے پڑ گئے۔ میں نے تو اس کی مدد کی ہے۔ ملا نصر الدین ناراض ہو گئے۔

بے ہوش شخص کو ہوش آگیا۔ اٹھ کر لنگڑاتا ہوا ملا پر جھپٹا:

"یہ کون سا طریقہ تھا نیچے اتارنے کا؟ کود تو میں بھی سکتا تھا۔"

"تو کود کیوں نہیں گئے؟" ملا نے اطمینان سے کہا: "کیا میرا انتظار کر رہے تھے۔" وہ شخص لاجواب ہو گیا۔

"نیکی کا زمانہ نہیں" ملا نے تماشائیوں کی طرف دیکھ کر کہا:

"میرا ارادہ نیک تھا، میں واقعی بھائی کی مدد کرنا چاہتا تھا۔ آپ یقین کریں میں اسی ترکیب سے پہلے بھی ایک شخص کی جان بچا چکا ہوں۔"

کیا آپ سچ کہہ رہے ہیں؟ کسی نے سوال کیا۔

"مجھے جھوٹ بولنے کی عادت نہیں۔ سو فیصدی سچ کہہ رہا ہوں۔۔۔ اس شخص کی جان خطرہ میں تھی۔ میں نے رسی منگوائی، اس کی کمر میں بندھوائی اور کھینچ لیا۔۔۔ لیکن لیکن۔۔۔" انہوں نے جملہ ادھورا چھوڑ دیا۔

"کیا لیکن۔۔۔؟"

"لیکن مجھے یاد نہیں آرہا ہے۔۔۔" ملا سر کھجاتے ہوئے بولے۔

"کیا یاد نہیں آرہا ہے؟"

"وہ۔۔۔وہ۔۔۔" ملا کے حلق میں الفاظ اٹک گئے۔

ارے تو جلدی بولیے نا۔۔۔ کیا یاد نہیں آرہا ہے۔ خواہ مخواہ بات کو طول دیے جارہے ہو" ایک پہلوان قسم کے جوان نے آگے آکر ڈانٹ لگائی۔

"بولتا ہوں بابا بولتا ہوں" ملا نصر الدین آنکھیں نچا کر بولے:

"مجھے یہ یاد نہیں آرہا ہے کہ میں نے اسے پیڑ سے نیچے کھینچا تھا یا کنویں میں سے اوپر نکالا تھا۔"

تماش بینوں کے منہ حیرت سے کھلے کے کھلے رہ گئے۔

***

لو میں آیا

چین کے ہانگی چو شہر میں ایک مشہور ڈاکو رہتا تھا۔ اسے کسی نے نہیں دیکھا تھا مگر سب اسے "لو میں آیا" کے نام سے جانتے تھے۔ وہ جہاں بھی ڈاکہ ڈالتا چوری کرتا وہاں کسی دیوار پر "لو میں آیا" ضرور لکھ دیا کرتا تھا۔

رفتہ رفتہ اس کی سرگرمیاں اتنی بڑھی گئیں کہ عوام نے حکومت سے درخواست کی کہ انہیں اس سے چھٹکارا دلایا جائے۔ کوتوال کو حکم دیا گیا کہ کسی بھی طرح "لو میں آیا" کو گرفتار کر لیا جائے۔ گرفتاری کے لئے آٹھ روز کی مدت مقرر کر دی گئی۔

کوتوال سوچ میں پڑ گیا۔ وہ کوئی عام چور نہیں تھا، وہ اتنا چالاک تھا کہ کسی کے پاس اس کی پوری معلومات نہیں تھی، کوئی اس کے رنگ روپ، قد و قامت کے بارے میں نہیں جانتا تھا۔ ایسے چور کو ایک مقررہ وقت کے اندر گرفتار کرنا ناممکن نہیں تو مشکل ضرور تھا۔

کوتوال اور اس کے عملے نے چور کی تلاش میں رات دن ایک کر دیئے۔ آخر ایک شخص کو گرفتار کرکے منصف کے سامنے پیش کر دیا۔ کوتوال نے کہا "حضور! یہی "لو میں آیا" ڈاکو ہے۔ اسے سخت سے سخت سزا دے کر شہریوں کی جان و مال کی

حفاظت کیجئے"

منصف نے پوچھا۔ "تمہار پاس کیا ثبوت ہے کہ یہی وہ ڈاکو ہے۔"

"حضور!" کوتوال نے عرض کیا" ہم نے بڑی ہوشیاری سے اس پر نگاہ رکھی اور اس کی نقل وحرکت کی خبر رکھتے رہے۔۔۔ یقین ہو جانے کے بعد ہی ہم نے اسے گرفتار کیا ہے۔" منصف نے ملزم سے پوچھا۔ "تمہارا اس بارے میں کیا کہنا ہے؟"

"حضور! انہیں اپنی کارکردگی دکھانے کے لئے کسی نہ کسی کو گرفتار کرنا ہی تھا۔ بدقسمتی سے میں ان کے ہتھے چڑھ گیا۔۔۔ یہ مجھے پکڑ لائے میں بے گناہ ہوں۔" ملزم نے کہا۔

مصنف کو شش و پنج میں مبتلا دیکھ کر کوتوال نے کہا" حضور! آپ اس کی باتوں کا اعتبار نہ کریں۔ یہ بہت چالاک ہے۔"

منصف نے کوتوال کی بات کا اعتبار کر لیا اور قیدی کو فی الحال قید خانے میں رکھنے کا حکم جاری کر دیا۔

قیدی درحقیقت "لو میں آیا" ہی تھا۔ اس نے قید خانے پہنچتے ہی اپنی چالاکی دکھانی شروع کر دی۔ اس نے جیل کے محافظوں سے تو دوستی کی ہی۔۔۔ جیل کے افسر سے تنہائی میں کہا: "خالی ہاتھ بڑوں کی خدمت میں حاضر ہونا ہمارا شیوہ نہیں ہے۔ میرے پاس جو کچھ تھا وہ مجھے قید کرنے والے سپاہیوں نے چھین لیا۔ پھر بھی آپ کو میں ایک چھوٹا سا نذرانہ دینا چاہتا ہوں۔ پہاڑی پر دیوتا کے مندر کے اس ایک اینٹ کے نیچے میں نے تھوڑی سی چاندی چھپا رکھی ہے۔ آپ اسے لے لیں۔"

افسر نے پہلے تو قیدی کی بات کا اعتبار نہیں کیا، مگر پھر بھی قیدی کی بتائی ہوئی

جگہ پر پہنچ گیا اور نشان زدہ اینٹ ہٹا کر دیکھا تو وہاں سے ایک سیر چاندی بر آمد ہوئی۔ افسر نے وہ چاندی رکھ لی۔

اس واقعے کے بعد قید خانے کا وہ افسر ڈاکو کے ساتھ دوستانہ سلوک کرنے لگا۔ چند روز گزر گئے۔ یک روز ڈاکو نے افسر سے موقع دیکھ کر کہا کہ صاحب، میں نے فلاں پل کے نیچے بہت سے دولت گاڑ رکھی ہے۔ آپ وہ بھی لے لیجئے۔ اب میرے تو کسی کام کی نہیں۔ افسر نے کہا "پل پر ہمیشہ لوگوں کی آمد ورفت جاری رہتی ہے۔ میں وہاں سے گڑی ہوئی دولت کیسے نکل سکتا ہوں؟"

"آپ اپنے ساتھ دو چار جوڑے کپڑے لے جائیں۔ ساتھ میں ایک خالی تھیلا بھی لے جائیں۔ سب سمجھیں گے آپ ندی پر کپڑے دھونے گئے ہیں۔ آپ دولت نکال کر تھیلے میں ڈال لیں۔ کپڑے بھی پانی میں گیلے کر کے تھیلے میں ڈال لیں اور تھیلا لے آئیں۔ کوئی آپ پر شک نہیں کر سکتا۔" قیدی نے ترکیب بتائی۔

افسر نے قیدی کی ترکیب پر عمل کیا اور پل کے نیچے سے دولت نکال لایا۔ اب ان دونوں کی دوستی اور گہری ہو گئی۔

ایک رات افسر اپنے قیدی دوست کے لئے جیل خانے میں شراب لایا۔ دونوں نے بیٹھ کر شراب پی۔ جب افسر کو نشہ چڑھ گیا تو قیدی نے اس سے کہا، آج رات مجھے گھر جانے کی اجازت دیجئے، سویرے تک میں لوٹ آؤں گا۔ آپ اپنے دل میں یہ خیال بالکل نہ لائیں کہ میں فرار ہونا چاہتا ہوں، اگر میں فرار ہوتا ہوں تو اس کا مطلب ہو گا کہ میں نے اپنے جرم کو قبول کر لیا۔۔۔ اور میں بھاگوں کیوں؟ آج نہیں تو کل منصف مجھے رہا کر ہی دے گا۔۔۔ کیوں کہ میں نے کوئی جرم نہیں کیا

ہے۔"

قیدی نے اتنے اعتماد سے یہ بات کہی کہ کوتوال پس و پیش میں پڑ گیا۔ قیدی کے فرار ہونے یا جیل خانے سے باہر جانے کی بات پھیل جاتی تو اس کی ملازمت کو خطرہ ہو سکتا ہے مگر قیدی پر اسے بھروسہ ہو چکا تھا، اس لئے اس نے اسے اجازت دے دی۔

قیدی نے باہر جانے کے لئے دروازے کا استعمال نہیں کیا۔ وہ چھت پر سے کود کر قید خانے سے باہر چلا گیا۔۔۔ صبح ہونے سے پہلے وہ واپس بھی آ گیا۔ اس نے خراٹے لے کر سو رہے افسر کو جگا کر کہا "لو میں آیا" افسر نے خوش ہو کر کہا۔

"آتا کیسے نہیں؟ میرے نہ لوٹنے سے آپ کی عزت خاک میں مل جاتی۔ مجھے یہ گوارا نہ تھا۔ آپ نے جو احسان مجھ پر کیا ہے اسے میں زندگی بھر نہیں بھول سکوں گا۔ شکریے کے اظہار کے لئے میں آپ کے گھر میں، ایک چھوٹا سا تحفہ دے آیا ہوں۔ آپ گھر جا کر تحفہ دیکھ آئیں۔ مجھے تو اب قید خانے سے جلد ہی رہائی مل جائے گی۔" قیدی نے کہا۔

قید خانے کا افسر فوراً گھر پہنچا۔ اس کی بیوی نے خوشی خوشی اسے خبر دی ۔۔۔ "جانتے ہو آج کیا ہوا؟ سویرا ہونے میں تھوڑی دیر باقی تھی کہ روشن دان میں سے ایک گٹھری اندر آ گری۔ میں نے کھول کر دیکھا، اس میں سونے چاندی کی تھالیاں تھیں۔"

افسر سمجھ گیا کہ قیدی اسی تحفے کا ذکر کر رہا تھا۔ اس نے بیوی کو ہدایت دی ۔"کسی سے اس بات کا ذکر نہ کرنا۔ ان تھالیوں کو چھپا کر رکھ دو۔ جب کچھ وقت گزر

جائے گا تب ہم انہیں بیچ کر نقد روپے حاصل کر لیں گے۔"

دوسرے دن عدالت میں کئی فریادی حاضر ہوئے۔ سب کا کہنا یہی تھا کہ رات دن کے گھر میں سونے چاندی کا قیمتی سامان چوری ہو گیا۔۔۔ سب کے گھر کی دیواروں پر "لومیں آیا" لکھا ہوا تھا۔۔۔

منصف نے کوتوال سے کہا۔ "وہ قیدی صحیح کہتا تھا، وہ "لومیں آیا" نہیں ہے۔ وہ تو قید خانے میں ہے اور "لومیں آیا" اب بھی دھڑلے سے چوریاں کر رہا ہے۔۔۔ اصلی چور کی تلاش کی جائے اور اس بے گناہ کو آزاد کر دیا جائے۔

قید خانے کا افسر اچھی طرح سمجھ چکا تھا کہ یہی اصلی چور ہے مگر وہ کسی سے اس حقیقت کا اظہار نہیں کر سکتا تھا۔ کیونکہ اس نے چور سے نہ صرف پہلے بلکہ حالیہ چوری میں سے بھی حصہ حاصل کیا تھا۔۔۔ قیدی آزاد کر دیا گیا۔

***

بڑا کون

وہ بڑی تیزی سے سپاٹ چکنی سڑک پر چلی جا رہی تھی۔ چل کیا رہی تھی۔ سمجھو اڑ رہی تھی۔ نئی نویلی۔ زرد سبز اور سفید رنگوں سے سجی۔ وہ ایک بس تھی۔ صبح کی ٹھنڈی ٹھنڈی ہوا چل رہی تھی۔ بس میں سوار مسافر نرم گدے والی سیٹوں پر نیم دراز میٹھی نیند کا مزا لے رہے تھے۔ ڈرائیور ٹیپ ریکارڈ پر بجتے ہوئے فلمی گیتوں کا لطف لیتے ہوئے آہستہ آہستہ خود بھی گنگنا رہا تھا۔

ایک موڑ سے گزرتے ہی ریل کی پٹریاں سڑک کے ساتھ ساتھ بچھی ہوئی نظر آئیں۔ بس نے دیکھا دھیمی رفتار سے ایک ریل پٹریوں پر چل رہی ہے۔ ریل نے بھی اسے دیکھ لیا۔ بولی۔ "ہیلو! آداب بس بہن۔"

"آداب۔" بس نے جواب دیا۔

ریل نے پوچھا "پہلی مرتبہ ادھر آئی ہو؟"

"ہاں۔" بس نے گردن اکڑا کر کہا۔ "ادھر ہی کیا۔۔۔ کہیں بھی پہلی مرتبہ چلی ہوں۔ دیکھتی نہیں ہو؟ میرا رنگ و روپ کتنا اجلا ہے۔ کیسی چم چما رہی ہوں۔ ابھی دو روز قبل ہی میرا جنم ہوا ہے۔ میری طرح خوبصورت کوئی اور نہ ہو گا۔"

ریل نے کہا "صحیح ہے۔ بے حد خوبصورت ہو تم!"

اپنی خوبصورتی کی تعریف سن کر بس اور زیادہ تیزی سے دوڑنے لگی۔ ریل نے کہا: ابھی کچھ دور اور ساتھ چلنا ہے ہمیں۔ باتیں کرتی چلو تو دل بہلا رہے گا۔"

"اتنی باتیں تم سے کر لیں۔ یہی بہت ہوا، ورنہ تمہارا میرا کیا میل؟ میں خوبصورت رنگ رنگیلی۔۔۔ تم لال کالی میلی۔" بس نے غرور سے کہا۔

"ایسا بھی کیا گھمنڈ بہن کہ بات بھی نہ کرو۔ میں تم سے رنگ و روپ میں کم ضرور ہوں مگر میری اپنی ایک حیثیت ہے۔" ریل نے سادگی سے کہا۔

"تمہارا وجود تمہاری حیثیت کس کام کی؟" بس نے کہا میری رفتار کا تم مقابلہ نہیں کر سکتیں۔ میں اڑ رہی ہوں، تم گھسٹ رہی ہو۔"

"میں کیا کروں؟" ریل نے بے بسی سے کہا "کتنے سارے ڈبے ہیں میرے۔ ان میں ٹنوں سامان لدا ہوا ہے۔ میں مال گاڑی ہوں نا۔ اتنا بوجھ ڈھونے میں رفتار تو دھیمی ہی رہے گی۔"

"یہی تو میں کہہ رہی ہوں کہ بوجھ ڈھونے سے کوئی برا نہیں بن جاتا۔ میں تیز رفتار ہوں۔ تیز رفتاری سے چلنے والوں کو پسند کرتی ہو۔ تم اپنی پٹری چلو، میں اپنے راستے چل رہی ہوں۔"

"تمہاری مرضی!" ریل افسردہ ہو کر بولی "نہ بولو مجھ سے مگر میں تم سے بڑی ہوں۔ بہت زمانہ دیکھا ہے میں نے۔ یہ ضرور کہوں گی کہ گھمنڈ کرنا اچھی بات نہیں۔ پھر رنگ و روپ تو وقت کے ساتھ تمہارا بھی نہ رہے گا۔"

بس ہنس پڑی۔ بولی "اب کچھ نہ سوجھا تو نصیحت کرنے لگیں۔ بھلا مجھے نیچا کون دکھا سکتا ہے؟ کون مجھے روک سکتا ہے؟ کم سے کم تم میری برابری نہیں کر سکتیں۔

وہ دیکھو سامنے موڑ آرہا ہے۔ چلو پیچھا چھوٹا تم سے۔"

اتنا کہہ کر بس تیزی سے مڑ گئی۔ دل ہی دل میں ہنس رہی تھی کہ خوب لتاڑا کالی کلوٹی کو۔ اچانک اسے رک جانا پڑا۔ سامنے ریل کا پھاٹک تھا۔ وہ پھاٹک کے قریب پہنچی تھی کہ پھاٹک بند ہو گیا۔ وہ خیالات کی دنیا سے باہر نکل آئی۔ ریل کے انجن کی سیٹی سنائی دے رہی تھی۔ پھر اسے دھیمی رفتار سے چلتی ہوئی مال گاڑی سامنے سے آتی نظر آئی۔ جیسے ہی اس کی نظر بس پر پڑی، اس نے کہا "خدا حافظ بس بہن، پھر ملیں گے۔" اور آگے بڑھ گئی۔

بس گن رہی تھی۔ ایک۔۔۔ دو۔۔۔ تین۔۔۔ دس۔ گیارہ اکیس ڈبے۔۔۔ اور دل میں سوچ رہی تھی کہ کتنی انکساری سے ریل نے اسے سے رخصت لی۔ طعنہ نہیں مارا کہ "لو دیکھو، میں کالی کلوٹی 'پرانی کھوسٹ ہوں، پھر بھی میری وجہ سے تمہیں رک جانا پڑا۔'

وہ چاہتی تو کہہ سکتی تھی کہ "بتاؤ بڑا کون ہوا؟ میں یا تم؟" مگر اس نے کچھ نہیں کہا۔

بس نے دل ہی دل میں اعتراف کیا کہ وہ بڑا وہ ہوتا ہے جو دل سے بڑا ہوتا ہے۔

* * *